걷는사람 희곡선 1

연변 엄마 | 김은성

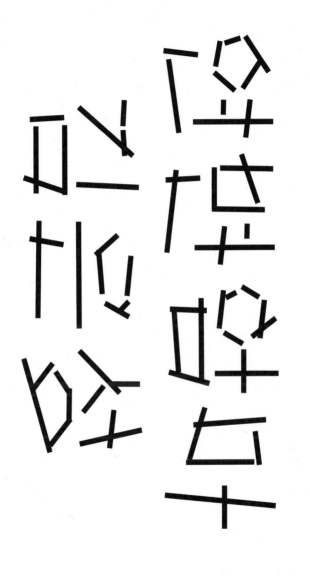

작가의 말

연변 엄마는 2011년 초연되었고
2016년 재공연되었다.
이 책에 실린 대본은
재공연을 앞두고
초연 대본을 수정한 작품이다.
다시 고쳐쓸 수 있도록
격려와 도움을 준
달나라동백꽃 부새롬 연출에게
감사의 마음을 전한다.

한국에서 살아가는
연변 사람들의
행복을 빈다.

때

현대.

늦봄에서 초봄까지.

곳

한강변의 고층 아파트를 중심으로

서울, 평택, 안산, 구미, 광주, 부산, 화성을 넘나든다.

등장인물

복길순 53세, 연변 아줌마, 가정부, 용정 출생

전희복 80세, 전직 육군 장성, 치매 환자, 대구 출생

전강돈 50세, 전희복의 아들, 진압 장비 업체 사장,
대전 출생

금보미 47세, 전강돈의 아내, 약사, 서울 출생

전우진 21세, 전강돈과 금보미의 아들, 대학생,
서울 출생

전다은 17세, 전강돈과 금보미의 딸, 고등학생,
서울 출생

도영길 33세, 용역 회사 운전수, 용정 출생

남정화 25세, 노래방 도우미, 화룡 출생

정은혜 43세, 간병 도우미, 연길 출생

장은숙 29세, 판촉 행사 도우미, 용정 출생

지병례 60세, 병자, 마학봉의 어머니, 화룡 출생

신무열   30세, 보이스피싱 선임, 연길 출생

이남섭   25세, 보이스피싱 후임, 연길 출생

양만덕   33세, 보이스피싱 팀장, 연길 출생

천경자   27세, 경마 중독자, 도문 출생

마학봉   30세, 노숙자, 화룡 출생

문홍화   29세, 룸살롱 새끼마담, 훈춘 출생

하수일   30세, 외국인보호소 직원, 춘천 출생

외국인보호소의 수감자들 : 김정하, 윤대수, 이하숙, 안민자

무대

1. 아파트 : 전강돈의 집

> 18층 48평. 방 네 칸, 화장실 두 칸, 넓은 거실과
> 세련된 주방. 고급 가구와 최신식 가전제품.
> 통유리 창문. 창밖으로 강변을 따라 펼쳐진 아파
> 트군群의 행렬. 그 너머 어렴풋하게 눈에 들어오
> 는 하늘.

2. 승합차 | 커피숍 | 편의점 | 사무실 | TV경마장 | 역전 | 룸살
롱 | 외국인보호소

차례

1. 연변에서 온 사람들

승합차 | 서울 | 삼월 | 저녁

[음향] 빵빵! 빵빵!

도영길, 인상을 쓰며 크락션을 누른다.

남정화, 조수석에 앉아 화장을 한다.

가방을 안고 뒷좌석에 앉아 있던 복길순,

창밖을 보다가

복길순　여기가 어딤까? 여기가 강남임까?

도영길　……

복길순　뭔 차가 이렇게 많슴까?

도영길　……

복길순　다들 어디를 저렇게 갈라는 겜까?

도영길　……

복길순　왜 꼼짝두 못하고 서 있는 겜까?

[음향] 빠아앙!

거칠게 크락션을 누르는 도영길, 연신 전자담배 연기를 뿜는다.

남정화　어디라고?

도영길　보물섬.

남정화, 씨익 웃는다.

도영길　왜?

남정화　영감탱이.

도영길　누구?

남정화　그 키스.

도영길　아, 그 양반.

남정화　씨발.

도영길　바꿔줘?

남정화　됐어.

도영길　그래. 많이 준다며?

한동안 아무도 말이 없다.

남정화, 딸꾹질을 시작한다.

도영길, 흘겨보며

도영길　뭘 처먹었길래.

딸꾹질, 끊길 듯 끊길 듯 이어진다.

남정화, 고개를 숙이고 손바닥으로 가슴팍을 쓸어내린다.

복길순, 남정화의 등을 여지없이 때린다.

쩍, 소리가 난다.

남정화, 놀란다.

복길순   호호호. 그게 마음이 얹혀서 그런 검다.

        당금 괜찮아질 검다.

남정화, 뒤돌아 복길순을 쏘아본다.

복길순   보시오. 멈췄지 않습까? 호호호.

도영길   흐흐흐. 신기하구만. 하여튼 매만한 약이 없다니

        까.

복길순   매가 아니오. 약손이지.

        우리 딸도 딸꾹질을 자주 했슴다.

        호호호. 이게 참 신통하단 말이요.

        나도 어머니한테 맞아보고 배웠소. 호호호.

남정화, 피식 웃는다. 다시 돌아앉으며

남정화   식당? 모텔?

도영길   가정부.

남정화   잘됐네.

도영길   운 좋은 거야, 아줌마.

복길순   감사함다.

도영길   스타캐슬 18층이면, 거기가 44평이든가,

48평이든가, 죽이는 집으로 가는구만.

남정화 청소하기는 좀 힘들겠다.

도영길 메이드 인 차이나 하면 치를 떠는 것들이 가정부
는 꼭 중국산을 찾아요.

남정화 싸니까.

도영길 만만하니까.

남정화 씹새끼들.

도영길 개새끼들.

복길순 ……

남정화 있는 듯 없는 듯

도영길 고분고분 얌전하게

남정화 많이 모아서

도영길 많이 벌어서

남정화 한밑천 잘 잡아서

도영길 씩씩하게, 당당하게, 폼 나게

남정화 컴백 홈!

도영길 오케이?

복길순 옳습다.

내, 두 가지 목표를 가지고 왔습돠.

딸 찾으러 왔습다.

돈 번다고 한국 갔다가 일 년 전부터 연락이 끊
이구, 지금까지 종무소식이오.

아들 수술비 벌러 왔습다.

한국에 돈 벌겠다구 갔다가 다리만 다쳐서 돌아
왔소.
걷지도 못하고 집에 누워만 있소.
일 년 안에 수술을 받지 못하믄 다리를 잘라야
할지도 모름다.
수술비가 한국 돈으로 천만 원이오.

복길순, 품에서 손수건을 꺼내 눈물을 훔친다.

복길순　　우리 미란이가 중학교 다닐 때 자수 놔준 검다.
　　　　　일 년 안에 우리 미란이 찾아서, 우리 종식이 수
　　　　　술비 벌어서 힘차게 돌아갈 검다!
　　　　　꼭 그렇게 할 검다!

한동안 냉랭한 침묵.
남정화, 선글라스를 쓴다.
도영길, 길가에 차를 세운다.
남정화, 내린다.
정은혜, 조수석에 올라탄다. 차, 출발한다.

정은혜　　다시 연락 올 줄 알았어.
도영길　　빨리 오래.
정은혜　　똥쟁이 할망구. 그 성질을 나니까 참지.
　　　　　오냐오냐 닦아줬더니 내쫓을 땐 언제구.

불쌍해서 봐준다.

도영길   이참에 팍팍 올려. 기가 푹 죽었던데.

정은혜   호호호. 그 며느리 년, 이제 정신 좀 차렸을 거다.

        근데, 아까 걔는 코를 또 올린 거 같더라.

도영길   잘 팔리잖아.

정은혜   싸가지 없는 년.

도영길   왜?

정은혜   어린년이 볼 때마다 실실 쪼개잖아.

        화룡 촌년이 출세했지.

복길순   오매나, 화룡이 그 화룡을 말하는 검까?

정은혜, 뒤돌아본다.

정은혜   연변서 오셨숨까?

복길순   와, 아줌마도 연변에서 왔소?

        그런데 어째 그리 한국말들을 잘하오?

        한국에 나온 지 오래오?

        그래, 고향이 어디요?

정은혜   고향 말임까?

        아줌마는 어디서 왔숨까?

복길순   나는 용정에서 왔소.

정은혜, 돌아앉으며 도영길을 본다.

도영길   용정에서 오셨음까?

복길순   오매나, 기사 양반도 연변 사람이오?

　　　　　그래, 고향이 어디요?

도영길, 전자담배 연기를 뿜는다.

도영길   고향은 알아서 뭐할람까?

　　　　　여기는 한국임돠.

도영길, 무표정한 얼굴로 크락션을 누른다.

[음향] 빠아아앙!

2. 그들이 사는 집

아파트 | 서울 | 삼월 | 저녁

거실에 서서 통화 중인 전강돈.

전강돈 아이고, 아닙니다. 잘 받으셨다니까 제가 감사합니다.
니다.
네. 네. 다름이 아니라 지난번에 문의 드렸던⋯⋯
네. 네. 맞습니다. 브로킹코리아. 네.
일단 인수 비용을 백억으로 잡고 있습니다만 아시다시피 엠앤에이의 엠 자도 몰라서⋯⋯ 네. 네.
아이고, 그래주시면 정말 감사하겠습니다.
네. 네.
날 좀 풀리면 제가 필드로 한번 모시겠습니다.
네. 그럼 들어가겠습니다.

전강돈, 통화를 마치고 한숨을 쉰다.
다시 전화를 건다.

전강돈 전강돈입니다. 일을 [1]그쪽에 맡기도록 하지요.

---

1 그쪽 : 문화재 밀반출업자.

18

대신 백억 이하는 안 됩니다. 아니요. 안 됩니다. 나도 알아볼 만큼 알아봤습니다.

그쪽에서 얼마를 챙기건 상관없습니다. 내 앞으로 백억만 가져다주면 됩니다.

[2]물건은 있습니다. 아니요. 아직은 보여줄 수 없습니다. 사진도 곤란합니다.

확실히 있습니다. 확실합니다. 어떻게 하시겠습니까? 좋습니다. 잘해봅시다.

소파에 잠들어 있던 전희복, 일어나 앉는다.
전강돈, 전희복을 유심히 본다.

전희복   왜? 왜 그렇게 보니?

전강돈, 전희복을 뚫어지게 본다.

전희복   왜?
전강돈   무등산.
전희복   뭐?
전강돈   증심사.
전희복   뭐라고?
전강돈   토벌대!
전강돈   (거수경례) 충성!

---

2   물건 : 한국전쟁 때 사라진 국보급 보물.

19

전희복 (답례하며) 쉬어.

전강돈 대대장님!

전희복 응?

가화만사의 근본은 제사다!

전강돈 토벌대.

전희복 오늘이 무슨 날이니? 네 어머니 첫 기제야.

전강돈, 혀를 차며 돌아선다.

전희복 다른 건 몰라도 초코 케이크는 확실히 준비해야 한다. 꼭 태극당으로 가야 된다. 장충동, 거기가 오리지날이다.

전희복, 방으로 들어간다.
금보미와 전다은, 들어온다.

전강돈 왔구나!

전다은, 전강돈의 품에 안긴다.

전다은 아빠, 나 프랑스 보내줘.

금보미 다은아, 그건 힘들다니까.

전다은 나 프랑스 가서 공부할래.

금보미 학교는 어떡하고?

전강돈　내년이면 고3인데?

전다은　나 한국 싫어. 짜증나.

금보미　너 프랑스 갈 거면, 거기 의대 붙어서 가. 그래야 보내줄 거야.

전다은　의대 의대 의대. 짜증나.

전강돈　프렌치 캠프가 많이 좋았나 보구나.

금보미　호호호. 보름 만에 프랑스 사람 다 됐어요.

전강돈　그래, 뭐가 제일 좋았니?

전다은　[3]그라땡, [4]크레프, [5]쿠르부용…… 요리가 너무 맛있구……

　　　　　말이 정말 예뻐.

　　　　　봉쥬르, [6]뛰에 트레트레 벨르, [7]뛰에 트레트레 졸리, [8]께스끄 뛰 엠므? [9]앙브라스 모아 몽 쾨르……

금보미　프로포즈 받았대요. 이름이 뭐라고? 아……

　　　　　맞다, 아르망.

전다은　엄마는…… 말하지 말라니까.

금보미　호호호.

전강돈　뭐하는 친군데?

3　gratin : 빵가루를 입혀 구운 요리.

4　crepe : 아주 얇은 프랑스식 빈대떡.

5　court-bouillon : 포도주와 후추로 만든 소스를 얹은 생선요리.

6　tu es tres tres belle : 너는 정말 정말 아름답구나.

7　tres tres jolie : 정말 정말 귀엽구나.

8　Qu'est ce que tu aimes? : 넌 뭘 좋아하니?

9　Embrace-moi, mon coeur : 키스해줘요, 내 사랑.

금보미   셰프래요.

전다은, 방으로 들어가며

전다은   나, 베베는 꼭 사 줘. 그것도 안 해주면 혼자 가버
          릴 거야. 프랑스.

금보미   알았어. 알아볼게.

전강돈   베베가 뭔데요?

금보미   푸들요. 벌써 이름까지 지어놨더라구요.
          프랑스 가겠다는 거 달래느라고 혼났어요.
          그나저나 보통 일이 아닌데.

전강돈   왜요?

금보미   강아지요. 프랑스에서 직접 분양 받는 거라는데
          과정도 복잡하고 가격도 만만치가 않고.

전강돈   얼만데요?

금보미   천만 원이래요.

전강돈   네?

전우진, 물에 흠뻑 젖어 전다은의 캐리어를 끌고 들어온다.

전우진   다녀왔습니다!

금보미   너, 또 꼴이 왜 그래?

전다은, 방에서 나온다.

전우진 동생! 잘 갔다 왔어?

전다은 엄마, 새 아줌마는 언제 온대? 오늘 안 와?

금보미 (시계를 보며) 올 때가 됐는데.

전다은 (캐리어를 가리키며) 이것도 풀어야 되구,

　　　　방도 청소 한번 해야 되겠는데?

전우진 인마, 니 짐인데 니가 풀어라.

전다은 뭔 상관?

전우진 그냥 들고 올라오면 되는 걸 가지고……

　　　　경비 아저씨한테 실례야.

전다은 아, 짜증!

전다은, 방으로 들어간다.

금보미 그런 일이야 경비가 좀 해도 돼.

　　　　근데 어디서 그렇게 물벼락을 맞았어?

전우진 물벼락이 아니라 물대포 맞았어요.

금보미 잘하고 다닌다. 또 쓸데없는 짓 하고 왔지

　　　　뭐. 그러다가 너 정말 큰일 날 수가 있어.

　　　　꼴이 이게 뭐니? 학생회다 뭐다 좋은 말로 할 때

　　　　다 그만둬.

전우진, 혀를 빼꼼 내밀며 웃는다.

금보미 당신이 혼 좀 내요. 언제 이렇게 독한 물이 들었

는지…… 몰라, 나 애 걱정돼.

금보미, 전다은의 방으로 들어간다.
전강돈, 전우진에게 수건을 건넨다.

전강돈　오늘도 자전거 타고 왔니?

전우진　(물기를 닦으며) 네.

전강돈　오래 타는구나.

전우진　(구호를 외치듯) [10] 자동차가 지배하는 시대,

　　　　　행복은 자전거를 타고 온다!

전강돈　좋은 걸로 한 대 사 줄까?

전우진　아니요. 아직 쌩쌩해요.

전강돈　계속 시위 나가는가 보구나.

전우진　네. 아버지는 이해하시죠?

전강돈　걱정 안 해도 되지?

전우진　그럼요. 누구 아들인데요.

전우진, 엄지손가락을 치켜세운다. 방으로 들어간다.
전희복, 육군 예복 차림으로 방에서 나온다.
양쪽 어깨에 별을 세 개씩, 왼쪽 가슴에 약장, 오른쪽 가슴
에 무공훈장을 달았다.

전희복　다들 어디 간 게니? 너도 어서 옷 갈아입어야지.

10　이반 일리치의 책 『행복은 자전거를 타고 온다』를 인용했다.

전강돈, 한숨을 쉰다.

전희복   (호통) 아, 제사 안 지낼 거니?

금보미, 방에서 나온다.

전희복   넌 살림을 어떻게 하는 거야?
          제사상은 준비한 거야?
전강돈   네, 네. 곧 준비할 겁니다.

전강돈, 전희복을 소파에 앉힌다.
금보미, 주방으로 간다.
전희복, 갑자기 머리를 만진다.

전희복   아! 아이고, 머리야.
          여기 좀 봐봐라. 혹 났지?

금보미, 주방에서 녹즙이 담긴 컵을 들고 온다.

금보미   아버님, 녹즙 드세요.

전희복, 녹즙을 들이켠다.
한 모금 머금는가 싶더니 입 밖으로 뿜어버린다.
인상을 쓰며 컵을 바닥에 팽개친다.

전희복　쓰다! 너무 써!

　　　　사탕, 사탕 줘!

전다은　(방에서 나오며) 진상이다, 진상.

전강돈　그러면 못써. 우리가 이해해야지.

　　　　할아버지는 아프신 거니까.

전다은　아, 짜증나!

전희복　사탕, 사탕 줘! 어디다 숨겨놨어? 어디 있어?

　　　　사탕!

전희복, 피하려는 금보미를 잡고 늘어진다.

전강돈, 전희복을 떼어놓는다.

전희복, 바닥에 넘어진다.

초인종이 울린다.

전우진, 현관문을 연다.

복길순, 가방을 들고 한 발 한 발 조심스럽게 들어온다.

복길순　안녕하심까?

전희복, 복길순의 발목을 잡고 서럽게 울기 시작한다.

복길순, 당황하여 어쩔 줄을 모른다.

전강돈과 금보미, 등을 돌리며 한숨을 쉰다.

전다은, 전희복을 째려본다.

복길순　할아버지…… 어째 이럼까? 무슨 일임까?

26

복길순, 전희복을 다독인다.

전희복, 울음을 멈추고 복길순을 빤히 본다.

전희복　　엄마.

3. 용정에서 온 장은숙

커피숍 | 평택 | 사월 | 오후

테이블 앞의 복길순, 손수건으로 눈물을 닦는다.
커피숍 밖, 판촉 행사가 진행 중이다.
핫팬츠의 장은숙, 능숙한 내레이션.

장은숙　오픈을 맞이해서 명품 캡슐 커피를 단돈 천 원
　　　　에 만나보실 수 있는 혜택,
　　　　함께하시기 바라겠습니다.
　　　　최고의 서비스, 최고의 만족도. 맛 또한 최고를
　　　　자랑하고 있습니다.
　　　　아, 그냥 지나치지 마시고요,
　　　　오늘의 명품 커피,
　　　　신선한 맛과 향을 함께하실 수 있는 '아메리카리
　　　　코'로 많은 발길을 이어주시길 바랄게요.

장은숙, 커피숍으로 들어온다.
복길순, 일어나 장은숙의 손을 잡는다.

복길순　정말 모름까? 우리 미란이 좀 찾아주오.

물어서 물어서 어렵게 찾아서 왔소.

장은숙   정말 모름다.

복길순, 눈물을 훔친다.

장은숙   가정부 일은 할 만함까?

복길순, 고개를 끄덕인다.

장은숙   우리 어머니는 일곱 살짜리 아새끼가 너무 못살
            게 군다고 맨날 전화 오는데 말임다.
복길순   어머니두 한국에 와 있소?
장은숙   지난번 집에서는 돈두 제대로 못 받구 나왔슴다.
            월급은 받았슴까?
복길순   내일이면 딱 한 달이요.
장은숙   돈은 얼마씩 받기로 했슴까?
복길순   백오십만 원 주겠답대.
장은숙   그래 얼마나 걱정이 많겠슴까?
            나도 미란이 땜에 신경질이 나서 죽겠슴다.
            갈 데 없다구 불쌍해서 먹여주고 재워줬는데 그
            렇게 도망가버리는 법이 어디 있슴까?
복길순   그게 뭔 소림까? 도망을 왜 감까?
장은숙   미란이한테 받을 돈이 있슴다.

복길순 돈을 꿨단 말임까?

장은숙 다해서 한 삼백만 원 됨다.

복길순 …… 그럼까?

장은숙 인정머리 없이 당장 달라는 게 아임다.

…… 어디에 있으믄 어디 있다구 전화라도 치믄

얼마나 좋슴까?

미란이 걔가 초코파이를 참 좋아한단 말임다. 내

가 사 준 초코파이가 몇 박스는 될 검다. 지한테

챙겨 준 게 얼만데……

복길순 …… 그랬소? 어려서부터 단 걸 좋아했는데……

형편 때문에 못 먹고 컸소.

장은숙 짐작 가는 사람이 있기는 있는데……

복길순 그 사람이 누구요?

장은숙 미란이 쫓아다니는 남자가 있었슴다.

복길순 그 사람 지금 어디에 있는지 아오?

장은숙 그게…… 찾자면 시간이 좀 걸릴 검다.

복길순 내 아무리 어쩌두 돈은 꼭 갚을 테니까.

장은숙 돈이 문제가 아니라……

인정머리 없이 다 달라는 게 아임다. 딱 잘라서

백오십만 원만 받겠슴다.

장은숙, 메모지에 계좌번호를 적어 건넨다.

장은숙 여기다 보내면 됨다.

이제 일어나야 됩다.

장은숙, 밖으로 나간다.
복길순, 따라 나온다.

복길순　꼭 좀 찾아주오.

장은숙, 마이크를 든다.
복길순, 잠시 장은숙을 보다가 힘없이 돌아서서 사라진다.

장은숙　자, 커피뿐만이 아니라 와플까지 저렴한 가격
　　　　에, 합리적인 가격대로 여러분을 모시고 있습니
　　　　다.
　　　　최고의 맛과 향을 함께하실 수 있는데요, 아메리
　　　　카리코, 여러분들 모두를 환영하겠습니다.
　　　　자, 자, 이쪽으로 들어오세요.

다시 돌아온 복길순, 초코파이 두 박스를 장은숙의 뒤에 놓
는다.
댄스곡이 흘러나온다.
몸을 흔들며 내레이션을 이어가는 장은숙.
길모퉁이에서 물끄러미 장은숙을 보던 복길순, 손수건을 꺼
낸다.

4. 아빠의 작전

아파트 | 서울 | 오월 | 아침

주방. 식탁에 둘러앉아 아침 식사를 하고 있는 전강돈, 금보
미, 전우진, 전다은.
복길순, 잔소리를 듣는다.

금보미   장조림도 너무 짜요. 소금 덩어리를 어떻게
         먹어요?

복길순   그럴까? 미안함다.
         소고기라서 오래 먹으려면……

금보미   오래 먹을 걱정을 아줌마가 왜 해요? 싱겁게
         만들라고 몇 번을 말해요? 다음에는 저 화내요.

전다은   짜증나. 국은 또 왜 이렇게 비려? 아, 토 나와. 동
         그랑땡도 기름이 너무 많아. 느끼해.
         누가 짱깨 아니랄까 봐서.

전우진   부추김치 맛있네.

전다은, 숟가락을 놓으며 한숨을 쉰다.

금보미   왜? 그만 먹으려고?

전다은 응. 입맛이 없어.

우리 베베는 그럼 언제나 오는 거야……

힘 빠져……

금보미 할 수 없잖니? 대기자가 그렇게나 밀려 있는
줄 상상도 못 했지.

밥 먹자. 응? 아침을 먹어야 힘을 내지.

전다은 짜증나. 그러니까 일찍 신청했으면 좋잖아.

금보미 오리지널 혈통 알아보느라고 그랬지, 뭐.

원래 귀한 걸 가지려면 어려운 과정이 필요한 거
야. 밥 먹어. 응?

전다은 맛이 없어.

금보미 (길순을 흘겨보며) 큰일이다. 정말.

복길순 미안함다.

전우진 넌 다 큰 애가 반찬 투정이니?

지금도 얼마나 많은 사람들이 굶어 죽는 줄 알
아? 탄자니아, 미얀마, 소말리아,

당장 우리나라만 보더라도……

전다은 뭐래는 거야.

전우진 그거 꼭 가져야겠어?

전다은 뭐?

전우진 천만 원이나 하는 개를 그렇게까지 해서 사 올 필
요가 있는 거야?

전다은 그래서? 지금 내가 잘못했다는 거야?

전우진 생각을 조금만 깊이 해봐.

전다은   뭐?

전우진   너, 그냥 개들은 쳐다보지도 않잖아? 개면 개
           지, 왜 꼭 프랑스 푸들이어야 되는데?

전다은   설교 듣기 싫거든.

금보미   우진아, 그만해라.

전우진   너 좋아하는 것만 보려고 하지 말고, 세상을
           넓게 보라는 거야, 내 말은.

전다은   뭔 상관? 신경 꺼. 삼류 대학생 말에는 관심 없거
           든.

전우진   뭐?

핸드폰 벨이 울린다.

전다은, 핸드폰을 들고 일어나 방으로 향한다.

전다은   [11]알로. 께스끼스 빠스? 브래멍?

전우진   뭐라고 말 좀 하세요. 갈수록 더하는데.

금보미   그래도 다은이는 제 할 일은 똑 부러지게 하잖
           니?

           모의고사 성적 나왔는데 전국 1등이란다. 만점
           이야.

전우진   공부가 다는 아니잖아요?

전강돈   너, 다은이 너무 무시하는 버릇이 있어.

---

11   allo. Qu'est ce qui se passe? Vraienemt? : 여보세요? 무슨 일 있어?
     정말?

한참 예민할 때니까 오빠가 잘 다독여줘야지? 그
렇지?

전우진　…… 네.

전강돈과 금보미, 식사를 마치고 거실로 향한다.
전다은, 방에서 나온다.

금보미　다은아, 과일이라도 좀 먹자.

　　　　아줌마, 과일.

복길순　알았슴다.

전강돈, 금보미, 전다은, 요가를 시작한다. (박쥐 자세)
전우진, 식사를 마치고 일어난다.

전우진　잘 먹었습니다. 아줌마도 얼른 식사하세요.

복길순　고맙슴다. 나는 천천히 먹어도 됨다.

전우진　할아버지는 아직 주무시나?

전우진, 전희복의 방문을 열고 들어가려다 코를 막고 돌아
서며 문을 닫는다.

금보미　또?

전다은　아, 똥 냄새.

금보미　아줌마! 뭘 보고 서 있어요? 얼른요!

복길순과 전우진, 전희복의 방으로 들어간다.

전다은   아빠…… 나 할아버지 땜에 못 살겠어. 집에
       있기 싫어.

전강돈   ……

전다은   나랑 살 건지 할아버지랑 살 건지 결정해. 더
       는 못 참아.

금보미   다은아……

전다은   그냥 병원이나 요양원 같은 데 보내드리면 안 돼?

전강돈   (악어 자세) 지금까지 잘 참아왔잖니?
       지금 할아버지한테는 가족들의 관심과 사랑이
       필요해.

전다은   벌써 몇 달째야? 갈수록 심해지기만 하잖아.

전강돈   조금만 더 참아보렴.
       분명히 괜찮아지실 거야.

금보미   (한숨) 내년에 고3인데……

전우진, 화장실에서 수건을 들고 나와 전희복의 방으로 들
어간다.

전다은   큰아빠는 너무해. 미국에 살면 다야?
       목사가 원래 아픈 사람 기도해주고 그러는 거 아
       니야? 할아버지 좀 데리고 가라고 해.

전강돈   ……

금보미	그게 아버님한테 더 좋을지도 모르잖아요.
	아무래도 그쪽이 알츠하이머 치료 환경도 좋……
전강돈	(사자 자세) 끄음!
	(다은을 보며) 조금만 더 참아. 두 눈 감고 공부만
	해. 대학생 되면 언제든, 얼마만큼이든 프랑스 보
	내줄 테니까. 아빠를 믿어. 알았지?
전다은	몰라.
전강돈	몰라? 몰라?
전다은	아, 왜 이래? 간지러! 히히히. 알았어.
	알았어!
금보미	니 아빠한테 나라에서 효자상 같은 거 줘야
	되는 거 아니니?

전강돈, 일어나 안방으로 들어간다.

전다은	(고양이 자세) 엄마, 아줌마 바꾸면 안 돼?
금보미	왜? 음식 땜에?
전다은	그것도 그렇구 이상한 냄새나.
금보미	무슨 냄새?
전다은	모르겠어. 비린내 같기두 하구…… 시골 냄새 같
	기두 하구…… 암튼 그냥 다 싫어.
	한국 아줌마 구하면 안 돼?
금보미	한국 여자들은 너무 비싸.
전다은	우리 집은 왜 이렇게 가난해?

아빠 회사 힘들어? 엄마 약국 장사 안 돼?

금보미　그러니까 다은이가 얼른 의사 돼야지. 그치?

전다은　의사 되면 뭐, 돈이 하늘에서 떨어져?

금보미　엄마가 다은이 병원 만들어주면 되지.

전다은　(목소리 낮추며) 혹시 엄마 또 주식해?

금보미　아니.

전다은　아빠한테 들키면 어떡하려구?

금보미　안 한다니까.

전다은　하지 마.

금보미　알았어, 알았어.

　　　　　그래도 어수룩한 게 지난번 여자보다는 훨씬 낫
　　　　　잖니?

전다은　아, 그 미친년은 말도 꺼내지 마. 짜증나.

　　　　　지가 연변에서 선생이었으면 선생이었지……

전우진, 전희복의 방에서 걸레를 들고 나와 화장실로 들어
간다.

복길순　줍소. 내가 하겠슴다. 줍소.

전우진, 화장실에서 나와 자신의 방으로 들어간다.
복길순, 화장실에서 나온다.

금보미　아줌마. 일이 그렇게 힘드세요?

복길순　일없습다. 얼른 과일 내오겠습다.

금보미　됐어요. 비위 상해 죽겠는데 똥 치운 손으로……

전다은, 방으로 들어간다.

금보미, 안방으로 들어간다.

전우진, 방에서 나온다.

복길순, 주방에서 도시락 꾸러미를 들고 나온다.

복길순　오늘도 다섯 개 맞지에?

전우진　네. 죄송해요.

복길순　뭐가 말임까?

전우진　여러 개 싸기 힘드시죠? 하루 이틀도 아니고.

복길순　일없습다.

　　　　그런데 궁금한 것이 있습다. 그걸 혼자서 다 먹습
　　　　까?

전우진　하하. 아니에요. 사실은 학교 뒷동네에 사정이 힘
　　　　든 노인 분들이 좀 사세요…….

복길순　마음두 참 곱네. 비단결 같습다.

전우진　말 편하게 하시라니까요.

복길순　아닙다. 마음만으로도 고맙습다.

　　　　부탁이 있습다.

전우진　뭔데요?

복길순　(허리지갑에서 쪽지와 돈뭉치를 꺼내며) 지
　　　　난번에 부쳤던 곳으로 보내줍쇼. 부탁합다.

전우진　월급을 몽땅 보내버리시면…… 괜찮으세요?

복길순　일없슴다.

전우진　누구예요? 지난번에도 이 사람한테 보내셨던
　　　　것 같은데……

복길순　…… 동폼다.

전우진　따님 걱정 많으시죠? 너무 걱정 마세요. 일단
　　　　신고를 해놨으니까 소식 오기를 기다려봐야지
　　　　요, 뭐.
　　　　다른 방법이 더 없는지 제가 좀 더 알아볼게요.

복길순　고맙슴다. 어쩌면 그렇게 의젓함까. 난 아드
　　　　님 때문에 삼다. 힘이 남다.

교복을 입은 전다은, 방에서 나온다.
전강돈과 금보미, 출근 차림으로 안방에서 나온다.

전우진　(현관문을 나가며) 다녀오겠습니다.

금보미　너 자전거 좀 안 타고 다니면 안 되니?

전다은　엄마, 이상해.

금보미　왜?

전다은　봐봐. 여기.

금보미　잘 좀 다려요. 네?

복길순　알았슴다.

금보미　얼른 가자, 막히기 전에. 개나 소나 차들은 다 끌
　　　　고 나와가지고.

전희복, 방에서 나와 복길순에게 다가온다.

전희복　동무! 반갑습니다. 내는 남조선청년동맹 전희복이라꼬 합니더. 여성동맹의 보배 영자 동무를 만나서 영광입니더. 영자 동무 고향이 황해도라고 들었습니더. 내는 대구에서 태어나가 여서 자랐다 아임니꺼. 대구사범 동기 중에 해주가 고향인 아가 하나 있는데, 가는 진짜 못생 는데 영자 동무는 억수로 곱습니다이. 남남북녀라 카더이 그 말이 딱 맞구마는.

전다은　또 시작이다. 그놈의 영자 동무.

전다은, 현관문을 나선다.
금보미와 전강돈, 나가려 한다.
복길순, 전희복을 부축한다.

전희복　(길순의 목덜미를 잡으며) 너 빨갱이지?

전강돈, 걸음을 멈춘다.
복길순, 뿌리치며 기침을 한다.

전강돈　먼저 가요.
금보미　왜요?

41

전강돈　응? 좀 보살펴 드려야겠어.

금보미, 한숨을 쉬며 나간다.

전희복　(길순에게 다가오며) 너 빨갱이지?

전희복, 급히 자신의 방으로 들어간다.

전강돈　빨갱이라는 말 언제부터 했어요?
복길순　빨갱이 소리는 처음임다.
전강돈　확실해요?

복길순, 고개를 끄덕인다.
전희복, 권총을 들고 나온다.
복길순, 흠칫 놀란다.

전희복　(길순에게 총을 겨누며) 이 빨갱이 넌, 죽여버
　　　　　리겠어.

복길순, 놀라며 몸을 웅크린다.
전강돈, 전희복을 유심히 본다.

전강돈　잠깐 나갔다 오세요.
복길순　네? 괜찮겠슴까?

전강돈 괜찮아요. 총알은 없는 총이에요.

(목소리를 높여) 얼른 나가시라고요!

복길순, 현관문을 나간다.

전희복 뭐하고 서 있나? 어서 체포해!

전강돈 대대장님……

전희복 너는 누구냐? 어…… 그래, 작전 장교.

전강돈 무등산.

전희복 그래. 조금 전 사단으로부터 작전 계획이 떨어졌다.

전강돈 증심사.

전희복 전면적인 소각 작전을 전개한다.

전강돈 보살상.

전희복 사찰 내에 있는 금동보살입상은 토벌대로 옮겨 보관하도록 한다. 대장님 지시 사항이다.

전강돈, 전희복의 손을 잡고 나란히 앉는다.

전강돈 군단장님.

전희복 누구냐?

전강돈 계엄사령관입니다.

전희복 그래, 유 장군.

전강돈 아들은 잘 있습니까?

전희복　누구? 병돈이? 강돈이?

전강돈　유학 간 장남 말입니다.

전희복　잘 있지.

전강돈, 서둘러 안방으로 들어간다.

뿔테 안경을 쓰고 나와 전희복 앞에 앉는다.

전강돈　아버지. 저 병돈입니다.

전희복　그래, 병돈이구나.

전강돈　보살상은 지금 어디에 있습니까?

전희복　그게 무슨 말이야?

전강돈　그러지 마시고 가르쳐주세요.

전희복　뭘 가르쳐달라는 거냐?

전강돈　보물 말입니다. 아버지가 숨겨둔 보물요.

전희복　보물? 그런 것 없다.

전강돈　아버지. 다 알고 있어요!

전희복, 멍하니 전강돈을 보다가 머리를 만진다.

전희복　아이구, 머리야. 여기 혹 났지?

　　　　　근데…… 너는 언제부터 안경 썼니?

　　　　　밥 줘. 배고파.

전강돈, 주먹으로 바닥을 내려친다.

씩씩거리며 TV와 DVD를 켜고 전쟁 영화를 튼다.

화면에 치열한 전투 장면이 나온다.

전강돈, 볼륨을 높인다.

전희복, 귀를 막으며 몸을 부들부들 떤다.

전강돈, 그악스럽게 목소리를 높인다.

전강돈　　무등산!

　　　　　증심사!

　　　　　소각 작전!

　　　　　보살상!

5. 화룡에서 온 지병례

편의점 | 안산 | 유월 | 오후

편의점 앞 테이블. 파라솔 위로 장맛비가 쏟아지고 있다.

낙담한 얼굴의 복길순.

사발면을 먹는 지병례, 행색이 초라하다.

눈치를 심하게 본다.

병색이 짙다. 기침 소리가 예사롭지 않다.

지병례   나도 얼굴 못 본 지가 1년이 넘었슴다.

천하의 불효자식임다.

(국물을 마시며) 그런데 학봉이는 뭐하러 찾슴

까?

복길순   전화번호 같은 거라도 모름까?

지병례   정말 모름다. (기침)

복길순   (손수건을 건네며) 마지막으로 본 게 언젬까?

지병례   (입가를 닦으며) 안양에 주방보조로 있을 때 찾

아왔슴돠.

돈 달라고 왔댔슴다. 자식도 아님다.

복길순   무슨 일을 한답대까?

지병례   천안인가 어디서 웨이턴가 뭔가 한다고 그럽데

다. 거 있지 않습까? 나이트 같은 데 말임다.

저기……

복길순　왜 그럼까?

지병례　술 좀 사 주면 안 됨까?

복길순　……

지병례　소주 한 병이믄 됨다.

복길순, 지병례를 물끄러미 본다.

지병례　나는 몸이 이래서 일도 못함다.

땡전 한 푼도 없슴다.

복길순, 편의점으로 들어가 소주와 종이컵, 새우깡을 들고
나온다.

지병례, 종이컵에 소주를 가득 따라 들이켠다.

새우깡을 한 움큼 쥐어 우걱우걱 씹는다.

복길순　같이 사는 아가씨가 있었다고 하던데,

모름까?

지병례　모름다. 전 정말 모름다.

아까 혹시 원장이 돈 달라고 아이합데까?

복길순　사랑의 집 말임까? 그런 말 없었슴다.

지병례　사랑의 집 좋아하네.

언제 쫓겨날지 모름다.

사지가 멀쩡하다구서니, 병신들도 못 들어오는
판이라구, 얼른 나가라구. (기침)

복길순   여기는 언제 왔댔슴까?

        식당 일은 왜 그만뒀슴까?

지병례   (잔을 건네며) 아주머니도 한 잔 드쇼.

복길순   난 술 못 한다.

지병례   (술을 들이켜며) 공장 구내식당이었슴다.

        주인이랑 둘이서 매일 200명 밥을 지었댔슴다.

        뭐하고 있어? 빨리 쌀 씻어!

        김치 가져다 썰라는데 뭘해? 내 말 못 들었어?

        금방 온 사람이 뭘 안다고 그래? 하라는 대로 그
        냥 해. 아줌마는 왜 그렇게 굼떠!

        한글 몰라? 장님이야? 바보야? 머저리야? 그것도
        몰라?

        (주걱질을 흉내) 맛있게 드세요, 맛있게 드세요,
        맛있게 드세요,

        맛있게 드세요를 200번씩 했댔슴다.

복길순   …… 그랬쏨까……

지병례   얼마씩 받슴까? 돈 좀 모았겠슴다.

복길순   …… 사정이 있어서 인자 모아야 됩다.

지병례   그럼까? 그래도 좋겠슴다.

        (기침) 쉬는 날은 언젭까?

복길순   일주일에 한 번 나올 수 있는데 토요일 오후에나
        됩다.

지병례 그럼까?

벼락과 함께 천둥 소리.

지병례, 놀라며 몸을 떤다. 복길순의 손을 잡는다.

지병례 부탁이 있슴다.

복길순 돈은 안 됨다.

지병례 돈 달라고 하는 거 아님다.

우리 친구하면 안 됨까?

한 달에 한 번씩이라도 만나면 안 됨까?

복길순 ……

지병례 외로워서 그럼다. 아주마이 만나고 있으니까 너

무 좋아서 그럼다.

복길순 고향으로 돌아가지 그럼까?

지병례 (기침) 못 감다. 가봤자 빚만 산더미 같슴다.

부탁함다. 토요일 저녁 일곱시에 이 앞서 기다리

고 있겠슴다.

복길순, 술을 마신다.

지병례 나는 그렇게 알고 있겠슴다. 약속했슴다.

복길순 난 약속 못 함다!

복길순, 손수건을 챙겨 일어서려 한다.

지병례, 복길순의 손을 잡는다.

지병례   무섭습다. 너무 무섭습다…… (기침)

복길순, 측은한 눈길로 지병례를 본다.

지병례   부탁이 있습다.

　　　　나 저기 저 집에서 양꼬치 한 접시만 사 주면 안

　　　　됨까?

　　　　볼 때마다 먹고 싶어서 혼났습다.

복길순   ……

　　　　돈이 없으믄 먹지를 마쇼!

복길순, 단호하게 일어나 우산을 편다.

길을 가던 복길순, 모퉁이에 서서 지병례를 돌아본다.

우두커니 앉아 있는 지병례.

복길순, 한숨을 쉬며 건너편 꼬치집을 본다.

6. 엄마의 녹즙

아파트 | 서울 | 칠월 | 오후

전희복, 소파 위에 앉아 있다.
안경을 쓴 전강돈, 전희복 앞에 무릎을 꿇고 앉아 있다.

전강돈 보살상, 지금 어디에 있습니까?

전희복 허허 참. 그런 것 없다니까!

전강돈 다 알고 있습니다. 이제 그만 숨기세요.

전희복 거 참! 듣기 싫다니까!

전강돈, 자리에서 일어난다.

전강돈 천구백삼십삼 년, 증심사 오층 석탑에서 신라시
대 금동불상이 발견됩니다.
발견 직후 현존하는 최고의 불상이라는 찬사를
받으며 국보로 지정됩니다.
천구백오십 년 오월, 무등산 토벌대장은 공비 출
몰을 이유로 국보를 토벌대 금고로 옮겨 보관합
니다.

한 달 후. 전쟁이 터집니다. 토벌대장이 죽습니다. 대장의 신임을 받던 3대대장만이 금고 번호를 알고 있습니다.

전희복, 표정이 일그러진다.

전희복   어떻게 알았니?

전강돈   (희복의 손을 잡으며) 아버지……

전희복   네가 그걸 어떻게 알아?

전강돈   강돈이한테 들었습니다.

전희복   뭐? 강돈이가 어떻게 알아?

전강돈   한남동 어머니랑 말씀 나누시는 걸 들었답니다.

전희복   ……

전강돈   아버지. 강돈이 그놈이 혹시나 어떻게 할까봐 겁이 납니다.

아버지. 적자인 저에게 물려주셔야 하지 않겠습니까?

전희복   …… 지금은 때가 아니다.

전강돈   어디에 있습니까?

그것만이라도 가르쳐주십시오.

전희복   …… 은행에 있다.

전강돈   은행 말입니까?

전희복   전용 금고에 보관되어 있다.

전강돈, 침을 삼킨다. 호흡을 고른다.

전강돈　어디 은행입니까?

전희복　배고파.

전강돈　(희복의 어깨를 붙들며) 어디 은행에 있습니까?

전희복　아, 아퍼!

전강돈　어느 은행입니까! 네!

전희복　밥 줘.

전강돈, 한숨을 쉬며 안경을 벗는다. 핸드폰 벨이 울린다.

전강돈　그래. 어떻게 됐어? 안 된다니까. 안 돼.
　　　　지금 이 상황에서 막히면 다 끝이라는 거 오 부
　　　　장도 알잖아? 더 알아봐. 늦어도 한 달 뒤에는 상
　　　　환이 가능해. 그래. 이자가 높더라도 밀어붙이란
　　　　말이야.
　　　　(버럭) 안 되면 되게 해! (끊어버린다)

전우진, 생일 케이크를 들고 들어온다.

전우진　다녀왔습니다.
　　　　할아버지, 생신 축하드려요!

전강돈, 슬쩍 달력을 본다.

전희복, 전우진의 손에서 케이크를 낚아채 방으로 들어간다.

전우진   아버지. 저 드릴 말씀이 있어요.

            고민 많이 했는데요. 오늘 결심했어요.

            총학생회장 출마하려고요.

전강돈   그래?

전우진   응원해주실 거지요?

전강돈   그럼. 이길 자신은 있어?

전우진   그럼요! 누구 아들인데요.

전우진, 방으로 들어간다.

금보미, 들어온다.

복길순, 쇼핑백 더미를 들고 따라 들어온다.

금보미   어머, 일찍 들어왔네요?

전강돈   뭐예요?

금보미   내일 약사회 모임인데 입고 나갈 게 있어야죠.

전강돈   오늘, 아버님 생신인 거 알았어요?

금보미, 당황하며 달력을 본다.

전강돈, 한숨을 쉬며 현관문을 나간다.

금보미   효자 나셨어. 정말.

            주식 한번 말아먹었다고 정말……

복길순 얼른 생신상 준비해야 되겠습다.

　　　　　미역국 끓이면 되겠습까?

금보미 아, 알아서 해요!

복길순, 주방으로 향한다.

전다은, 미니스커트 차림으로 들어온다.

전다은 엄마.

금보미 왔어?

전다은 열라 피곤해. 왜 이렇게 힘들지?

금보미 왜?

전다은 몰라.

　　　　　베베 연락 온 것 뭐 없었지? 기다리다 죽겠다.

금보미 곧 좋은 소식 있겠지.

전다은 짜증나. 신청한 지 두 달이나 됐는데.

금보미 조금만 더 기다리자. 응?

전다은, 투덜거리며 방으로 들어간다.

금보미, 한숨을 쉬며 가방에서 안정제를 꺼내 삼킨다.

지휘봉을 든 전희복, 전투모에 선글라스를 쓰고 나온다.

전희복 다들 어디 간 게냐?

　　　　　적의 공격이 코앞으로 다가왔다.

　　　　　참모들은 서둘러 작전 계획을 수립하라.

전희복, 소파에 앉는다.

금보미, 전희복 옆에 앉는다. 주위를 둘러본다.

잽싸게 전희복의 머리에 꿀밤을 때린다.

전희복 (머리를 움켜쥐며) 아야.

금보미 기다리세요. 얼른 녹즙 내올게요.

금보미, 일어나며 다시 꿀밤을 때린다.

전희복, 머리를 감싸며 몸을 웅크린다.

금보미, 주방에서 녹즙을 들고 온다.

전희복 아파! 나 머리 아파.

금보미 드세요.

전희복 싫어! 안 먹어!

금보미 자, 드세요.

전희복 싫어, 싫어.

전희복, 소리 내어 운다.

복길순, 주방에서 나온다.

전희복, 방으로 도망치듯 들어간다.

금보미, 녹즙을 들고 따라가려다 만다.

금보미 버려요.

복길순 네?

금보미   갖다 버리라구요!

복길순, 녹즙을 건네받는다.
금보미, 안방으로 들어간다.
복길순, 버리려다 말고 잠시 망설인다. 녹즙을 마신다.
걸레를 들고 거실 청소를 한다. 자꾸 하품한다.
고개를 흔들며 정신을 차리려고 하지만 계속 눈이 감긴다.
복길순, 비틀비틀 주방으로 향하다가 주저앉는다.
하품을 하며 고개를 흔든다.

7. 연길에서 온 청년들

사무실 | 구미 | 팔월 | 오후

전화기가 놓여 있는 책상에 앉아 있는 신무열.
옆에 서서 A4 멘트를 읽고 있는 이남섭, 사투리 억양 강하다.

이남섭 여기는 대검찰청 금융관련특수부 우광우 수
사관입니다.

신무열 네? 무슨 일 때문에 전화하셨죠?

이남섭 다름이 아니라 이번 사건 수사 중에 본인과 연루
된 부분이 있어서 조사차 연락드린 겁니다.

신무열 네 그래요? 제가 뭐 금융 쪽으로 잘못된 게 있나
요?

이남섭 본인 소유의 신한은행과 농협 통장이 사건현장
에서 발견됐는데 지금 이 두 계좌가 대포 통장으
로 1억 6천만 원이나 되는 불법 자금이 세탁된 상
황입니다.

신무열 어? 만든 적이 없는데?

이남섭 일단 주민번호부터 확인하겠습니다.
저, 김춘기 씨.

신무열 네.

이남섭   4월 7일생.

　　　　뒷 번호가 1640017 맞습니까?

신무열   네, 어떻게 아셨어요?

이남섭   박순택이랑 어떤 관계입니까?

신무열   누구요? 모르는 사람인데……

이남섭   다시 한 번 묻겠습니다. 박순택이 누굽니까?

신무열   박순택이요?

이남섭   네.

신무열   니네 아버지 같은데.

이남섭   (당황) 네?

신무열   (한숨) 남섭아, 그렇게 해서 밥 먹고 살겠냐?

이남섭   죄송합니다.

신무열   싸대기 10회, 실시.

이남섭   싸대기 10회, 실시.

이남섭, "정신 차리자." 구호를 외치며 자신의 뺨을 10회 때
린다. 복길순, 출입문을 열고 슬며시 얼굴을 내민다.

복길순   아직두 안 오셨습까?

신무열   (힐끔 시계를 보며) 슬슬 오실 때 됐는데.

이남섭   (출입문을 향해 허리를 숙이며) 오셨습니까,
　　　　형님.

양만덕, 들어오며 복길순을 본다.

신무열 형님 찾아왔답니다.

양만덕, 복길순을 위아래로 훑어본다.

복길순 양 사장님 되심까?

양만덕 누구세요?

복길순 사람 찾으러 왔슴다. 학봉이라고 아심까?

양만덕 누구?

복길순 마학봉이라고, 사장님 찾아가면 잘 알 거라고 그
럽데다.
천안부터, 양산, 포항, 얼마나 찾아다녔는지 모름
다. 묻고 물어서 구미까지 왔슴다.

양만덕 누구? 근데 사람은 왜?

복길순 딸을 찾고 있슴다. 그 사람이랑 같이 있다고 해
서. 혹시 송미란이라구 모름까?

복길순, 품에서 사진을 꺼내 보여준다.

양만덕 미란이? 미란이…… 모르겠는데.

신무열 마학봉? 학봉이? 그 새긴가? 형님, 학봉이라면 꺽
다리라고 그 키 큰 놈 있지 않습니까?

복길순 맞슴다. 키가 크다고 했슴다.

양만덕 꺽다리?

신무열 한국관 꺽다리 말입니다.

양만덕   아. 그 새끼.

핸드폰 벨이 울린다. 양만덕, 받는다.

양만덕   네. 사장님. 네? 네. 죄송합니다. 네. 네. 들어가십
         쇼.
         (끊으며) 씨발 새끼.

양만덕, 미란의 사진을 돌려보며 키득거리는 신무열과 이만
섭의 뒤통수를 사정없이 때린다.

양만덕   일들 안 해?
         보름이 넘어가는데 실적이 영이야, 영.
         웃음이 나오지?
         이것들이 고향 후배라고 오냐오냐해주니까.
         싸대기 10회, 실시.
신무열＋이남섭   싸대기 10회, 실시.

신무열과 이남섭, "정신 차리자." 구호를 외치며 자신들의 뺨
을 10회 때린다.

양만덕   응? 사람 취급을 안 받아야지만, 서로가,
         서로가! 서로가!

신무열과 이남섭, 책상 앞에 앉아 수화기를 든다.

양만덕, 기가 죽은 복길순을 넌지시 본다.

양만덕　꺽다리…… 그 새끼 장모라고?

복길순　아닙다.

양만덕　어떡할 거야?

복길순　뭘 말임까?

양만덕　돈은 갚아야 할 거 아니야?

복길순　뭔 돈 말임까?

양만덕　그러니까……

수화기를 든 신무열과 이남섭의 목소리가 이어진다.

신무열　여기는 대검찰청 금융관련특수부 우광우 수사
　　　　　관입니다.

이남섭　…… 다름이 아니라 이번 사건 수사 중에 본인과
　　　　　연루된 부분이 있어서 조사차 연락드린 겁니다.

8. 전 씨 삼대

아파트 | 서울 | 구월 | 오후

전희복, 소파에 앉아 막대사탕을 빨며 연신 전강돈의 눈치를 본다.
테이블 위에 빈 양주병과 술이 반쯤 남은 유리잔이 놓여 있다.
안경을 쓴 전강돈, 상기된 얼굴로 통화하고 있다.

전강돈 ······ 네. 네? 대여금고 담당자하고 직접 통화 할 수는 없습니까?
네. 네. 여보세요. 네. 전희복. 삼공일공공일, 일육칠오공일팔. 네. 네······ 없다구요?
네. (한숨) 알았습니다.

전강돈, 전희복 옆에 앉는다.

전강돈 (희복의 손을 잡으며) 아버지.
(미소) 그냥 좀 가르쳐주세요. 무슨 은행이에요?
네?
은행에 있긴 있어요?

전희복　　몰라. 배고파.

전강돈, 안경을 벗어 품에 넣는다.

전강돈　　군단장님.
전희복　　밥 줘.
전강돈　　저…… 군단ㅈ

전강돈, 말을 하려다 갑자기 벌떡 일어나 고함을 지른다.

전강돈　　어디 있어? 어디다 숨겨놨어?
전희복　　넌 안 돼!
　　　　　　병돈아! 병돈이 어디 갔니?
전강돈　　왜! 왜 안 돼!
　　　　　　어디 있어? 어디 있냐고!

전희복, 전강돈의 뺨을 때린다.

전희복　　이런 개자식을 봤나!
　　　　　　쌍놈의 자식!
　　　　　　뭐? 광주 사태의 살인마? 그게 아들이라는 놈이
　　　　　　아버지한테 할 소리냐?
　　　　　　너 같은 놈은 역적이야, 역적.
　　　　　　허구한 날 데모질이더니, 이제 뭐 노동조합?

빨갱이 새끼 같으니라고.

땡전 한 푼 못 물려준다, 이놈아.

전강돈　그래…… 그래서 당신 바라던 대로 됐잖아?

빨갱이 가죽 벗어내느라 얼마나 힘들었는 줄 알아?

그러니까 이제 소원 하나만 딱 들어주세요.

딱 한 건만 해주고 가세요, 제발.

전희복　이런 천하의 불효자식!

에잇 부처님도 돌아누울 놈!

전강돈　고집하고는 진짜. 뭔 영화를 누리겠다고 끝까지.

가지고 가려고? 마지막 길 좋게 가십시다.

전희복, 전강돈의 멱살을 잡는다.

전강돈, 전희복을 밀친다.

전희복, 소파에 쓰러져 꺼이꺼이 운다.

전우진, 들어온다.

전강돈, 말없이 술잔을 기울인다.

전우진, 전희복과 전강돈을 번갈아 본다.

전우진　속 많이 상하시지요?

전강돈　(미소) 괜찮아.

잠든 전희복, 코를 곤다.

전우진, 가방에서 포스터 한 장을 꺼내 펼친다.

두 손을 내밀고 있는 전우진의 사진과 '손이 두 개인 이유'라는 문구가 인쇄된 학생회장 선거 포스터.

전우진　　보세요.

전강돈　　손이 두 개인 이유?

전우진　　네. 메인 슬로건이에요.

전강돈　　무슨 뜻이니?

전우진　　(웅변하듯) 여러분, 하나는 우리들 자신을 위한 손이고, 하나는 다른 사람을 위한 손입니다.
　　　　　　여러분, 그것이 바로 손이 두 개인 이유인 것입니다.

전강돈　　좋은데.

전우진　　그치요?
　　　　　　…… 피곤해 보이세요.

전강돈　　그래, 할아버지 옆에 좀 누워 있어야겠다.

전강돈, 전희복을 업고 방으로 향한다.

전우진　　(울먹이며) 정말 좋은 분이세요, 아버지.
　　　　　　저도 나중에 꼭 아버지 같은 아버지 되고 싶어요.

전강돈　　별소리를 다한다. 뚝!

9. 도문에서 온 천경자

TV경마장 | 광주 | 시월 | 오후

과천경마장의 상황이 실시간 생중계되고 있는 TV모니터.
경주마가 결승선 가까이 다다르자 점점 고조되는 사람들의
고함 소리.
포대기로 아기를 업은 채 소리를 지르던 천경자, 경주가 끝
나자 마권을 찢어 바닥에 집어던진다.
복길순, 걱정스럽게 천경자를 본다.

복길순 괜찮습까? 많이 잃었소?

천경자 자꾸 말 걸지 마쇼. 하필 바쁜 날 찾아와 가
지고.

아기, 운다.

천경자 울지 마! 울지 마! 오늘 따라 너는 왜 이 지
랄이야, 지랄은.

복길순 아이고, 아무것도 모르는 애한테 왜 그래오?

천경자 못살아, 진짜.

복길순 나한테 보내오, 주오.

복길순, 아기를 안고 달랜다.

손수건으로 아기의 침을 닦아준다.

천경자   (아기를 보며) 이번에도 잃으면 콱, 같이 죽자.

복길순   허허. 그런 소리 마오.

다시 경주가 시작된다.

사람들의 웅성거림이 고조된다.

천경자, 자리에서 일어난다.

천경자   그렇지, 그렇지! 삼천리, 삼천리. 삼천리!

삼천리, 일등으로 들어온다.

천경자, 괴성을 지르며 팔짝팔짝 뛴다. 아기를 번쩍 들어 올린다.

복길순   많이 땄습소?

천경자   좀 터졌습다.

배당률이 백육십 배니까 팔백만 원.

복길순   (놀라) 진짭요?

천경자   (혀를 차며) 십만 원 걸었으면 천육백인데.

복길순   지금 한 번에 팔백만 원을 벌었단 말이요?

천경자   뭘 그렇게 놀람까?

기천만 원은 우습게 왔다 갔다 하는데.

천경자, 아기에게 분유를 먹인다.

복길순　골프장 얘기 좀 계속해주오.

천경자　그러니까 처음에는 둘이 그늘집에 배정 받았습다……

복길순　그늘집이 뭐이요?

천경자　뭐 그런 게 있습다. 매점 같은 거.

　　　　근데 미란이 걔가 늘씬하구 곱게 생겼잖습까?

　　　　얼마 안 가서 캐디로 빠졌는데 그때만 해도 운이

　　　　좋다고 했습다…… 그게 수입이 훨씬 많으니까.

복길순　그래서 어떻게 됐소?

천경자　근데 자꾸 미란이 건드리는 영감이 하나 있었는

　　　　데. 필드에서 틈날 때마다 가슴을 만지구 엉덩이

　　　　를 만진다고……

　　　　그 영감탱이만 오면 미란이가 미치겠다구 죽상

　　　　이 됐습다.

　　　　같이 자자고 자꾸 칭얼거린 거 같습다…… 백만

　　　　원 준다고.

복길순　…… 그래 어쨌다오?

천경자　하루는 해도 해도 너무한다 싶었서 미란이가 신

　　　　경질을 좀 썼는데 그 미친 영감이 골프공을 미란

　　　　이한테 후려갈겨 버렸습다.

　　　　재수가 없어도 그렇게 없는지 그게 뒤통수에 정

　　　　통으로 맞아버렸습다……

복길순   그래서…… 어떻게 됐소?

천경자   그대로 쓰러져가지고 앰블란스에 실려 갔슴다.

복길순   그래 병원에서는 어떻게 됐소?

천경자   뇌출혈인가 뭔가 됐다는 소리도 있었고, 눈알이
다 튀어나와서 어쩌구저쩌구…… 아무렇지도 않
다구 하기두 하구…… 뭐, 수군수군 말들이 많았
슴다. 그 영감이 옛날에 엄청 힘 있는 자리에 있
었나 봄다.

이런저런 소문만 돌았지 다들 입 다물고 있으라
고 해서…… 아무튼 나도 그 일 땜에 거기서 잘
렸구. 동포들도 다 쫓겨났슴다.

복길순   …… 미란이는 어떻게 됐다오?

천경자   나도 거기까지만 압다.

복길순   뭐 조금이라도 기억나는 게 있으면 들려주오.

천경자   미란이 애인이 그 영감탱이 집에 칼을 들고 찾아
갔다고,

매를 꿩으로 알고 덤볐다가 아주 혼났다고, 뭐,
그런 소문도 있긴 있었슴다.

사람들의 웅성거림, 고조된다.

천경자, 아기를 업으며 일어선다.

천경자   아줌마도 한번 해보시겠슴까?

복길순   난 모르오.

천경자　미란이 찾으려면 돈 있어야 될 거 아닙까?

한국에서는 돈 없으면 아무것도 못 함다.

돈만 있으면 다 되는 게 한국임다.

다시 사람들의 고함 소리.

10. 아들과 딸

아파트 | 서울 | 십일월 | 저녁

로또 추첨 방송.
청소기 옆의 복길순, TV와 영수증을 번갈아 본다.
영수증을 구긴다.
다시 청소기를 돌리려다가 털썩 주저앉는다.
허리지갑을 내려다본다.

복길순　(한숨) 미친년…… 미친년……

복길순, 청소기를 끌고 주방으로 들어간다.
전다은, 자신의 방에서 슬그머니 나온다.
초조한 얼굴로 화장실로 들어간다.
잠시 후, 나온다. 방으로 들어간다.
전강돈, 들어와 한숨을 쉬며 소파에 주저앉는다.
핸드폰 벨이 울린다. 받지 않는다.
일어나 거실을 서성인다. 전화를 건다.

전강돈　납니다. 네. 알고 있습니다. 시간을 조금만 더
　　　　주시지요.

네. 네. 그때까지는 약속드립니다. 믿어주시지요.
네.

전다은, 방에서 나와 현관문으로 향한다.

전강돈   어디 가니?

전다은, 대답 없이 나간다.
전우진, 방에서 나와 소파에 앉는다.

전우진   잠깐 이야기 좀 해요.
전강돈   너, 요즘 계속 우울해.
    그래, 고민이 뭔데?
    회장 선거 때문에 그러는 거야?
    그 정도 일에 기가 죽어?
전우진   …… 아버지 회사, 블루디펜스 맞죠?
전강돈   ……
전우진   보안 장비만 만드는 곳인 줄 알았어요. 도난경보기, 금속탐지기, 감시카메라. 그것뿐인가요?
전강돈   작년 말부터 경호 장비 생산도 시작했다.
전우진   경호 장비가 아니라 진압 장비겠죠. 특히 몽둥이 잘 만들기로 유명하던데요?
전강돈   비꼬지 말고 차근차근 묻고 싶은 걸 물어라.
전우진   선거에서 왜 떨어진 줄 아세요?

대자보며 인터넷이며 난리가 났어요.

(일어나며) 기호 2번 전우진, 전희복 손자다, 전희
복이 누구냐? 전희복이는 오일팔 살인마 중 하나
다,

원래는 좌익이었다, 대구사건 때 동지들 다 팔아
먹고 혼자만 살아남아 육사에 들어간 놈이다, 육
이오 때는 토벌대에서 이름을 날렸다, 하나회 후
배들한테 빌빌거리면서 끝까지 누릴 것 다 누리
다가…… 할아버지 살아오신 건, 저도 대강은 알
고 있었어요.

그래, 어쩔 수 없는 역사가 있다. 그건 과거다. 그
래, 내가 나의 할아버지를 미워할 수만은 없다.

아버지는 다르잖아요. 게시판에 올라온 글 보고
회사 사이트 들어가 봤어요. 진압봉에 가스총,
전기충격기.

신장비 개발까지 하고 계시다면서요? 최첨단 테
이저건. 학생들이 뭐라고 그러는 줄 아세요?

짜고 치는 고스톱이다, 아들은 시위대 모으고 아
버지는 진압 장비 팔아먹는다, 대대로 다 해 처먹
어라.

전강돈 잘못된 정보가 많구나.

전우진 수출도 많이 하셨다면서요. 중국, 태국, 미얀마,
아르헨티나까지.

전강돈 그래서? 아버지가 악당이라도 된다는 거냐?

전우진　……아버지가 부끄러워요.

전우진, 나간다.

전강돈, 양주를 유리잔에 따라 단번에 마신다.

금보미, 통화하며 밝은 얼굴로 들어온다.

금보미　다은아!

　　　　다은이 없어요?

전강돈　……

금보미　이 시간에 어딜 간 거야?

금보미, 전다은에게 전화를 건다.

금보미　얘는 계속 통화 중이네.

　　　　베베 엄마가 드디어 베베를 가졌다는데.

　　　　또 술 마셔요?

전강돈　당신…… 혹시…… 돈 좀 가지고 있는 것 없어요?

금보미　…… 없어요. 언니도…… 지난번이 끝이라고

　　　　…… 형부 눈치 보느라고…… 많이 힘들어요?

전강돈, 일어나 현관문으로 향한다.

금보미　어디 가요?

전강돈, 대답 없이 나간다.

금보미, 현관문을 노려본다.

전희복, 방에서 나온다.

전희복   내가 요즘 몸에 열이 좀 차는 것 같은데 약을 좀
         먹어야겠다.

         잘 좀 지어주려무나. 아니다. 너는 약사라는 애
         가…… 도무지 신뢰가 안 간다.

         한약을 좀 먹어야겠다. 제기동 송약국에 예약 좀
         해라.

금보미   (째려보며) 놀고 있네.

금보미, 전희복의 머리에 사정없이 꿀밤을 내려친다.

전희복, 머리를 감싸 쥔다.

복길순, 주방에서 슬며시 얼굴을 내민다.

금보미, 다시 꿀밤을 때린다.

전희복, 몸을 웅크리며 서럽게 운다.

금보미, 주방으로 가 녹즙을 들고 나온다.

금보미   녹즙 드세요, 아버님.

전희복   때리지 마, 때리지 마.

금보미   무슨 말씀이세요, 아버님.

금보미, 전희복에게 녹즙을 먹이려고 한다.

지켜보던 복길순, 망설이다가 금보미의 팔을 잡는다.

금보미　왜 이래? 이 아줌마가?

복길순　아무리 그래도 그러는 게 아님다.

금보미　(당황) 뭐야?

복길순　(녹즙을 보며) 내가 모를 줄 암까?

금보미　(당황) 무슨 말 하는 거야, 지금.

복길순　아픈 사람 아님까?

복길순, 전희복을 달래며 방으로 들어간다.
전다은, 힘없이 들어온다.

금보미　어디 갔다 와?

전다은　그냥……

금보미　계속 통화 중이던데, 전화받았어?

전다은　베베?

금보미　받았구나. 근데 얼굴이 왜 그래? 기분 안 좋아?

전다은　아니…… 그냥…… 엄마는 얼굴이 왜 그래?

금보미, 전다은을 안으며 운다.

전다은　왜? 무슨 일 있어?

금보미　아니야, 아니야…… 엄마는 다은이밖에 없어. 진
　　　　짜 다은이밖에 없어.

전다은　왜 그래?

금보미　(눈물을 닦으며) 아니야, 미안해.

전다은　괜찮아?

금보미　응.

전다은　엄마 좀 쉬어야겠다.

금보미　그래…… 너밖에 없다.

　　　　　모의고사는? 준비 잘하고 있지?

　　　　　엄마한테는 다은이 의사 되는 거…… 그것밖에

　　　　　없어.

금보미, 안방으로 들어가려 한다.

전다은, 금보미를 뒤에서 안는다.

전다은　엄마.

금보미　응? 왜?

전다은　…… 아니야. 힘내.

금보미, 안방으로 들어간다.

전다은, 거실을 서성인다.

핸드폰으로 전화를 건다. 상대방, 받지 않는다.

호흡을 고른다. 집 전화기로 전화를 건다.

전다은　(목소리를 낮춰) 아르망. [12]뛰에오뀌뻬? 아르망,

12　Tu es occupé? : 바빠?

78

아르망? (끊긴다)

다시 전화를 걸지만 받지 않는다.

힘없이 전화기를 내려놓는다.

우두커니 소파에 앉는다.

11. 화룡에서 온 마학봉

역전 | 부산 | 십이월 | 저녁

뱃고동 소리. 기적 소리.
머리와 수염이 덥수룩한 마학봉, 벤치에 앉아 빵을 먹는다.
옆에 앉아 있던 복길순, 우유를 까 준다.

복길순　우리 미란이 어디 있니?

마학봉, 말없이 빵을 먹는다.

복길순　왜 말을 아이 하니?
마학봉　……
복길순　우리 미란이 어디 있니?
　　　　찾아서, 찾아서, 부산까지 어케 온 줄 아니?
마학봉　……
복길순　말을 하라! 나한테 혼 좀 나보겠니?

마학봉, 말없이 허공을 본다.

복길순　미란이 어디 있니? 빨리 말하라!

마학봉   ……

복길순   우리 미란이 어디 있니?

마학봉   ……

복길순   왜 말을 아이 하니?

복길순, 마학봉의 어깨를 붙잡고 흔든다.

복길순   니 엄마 돌아가신 건 아니?

복길순, 운다.

복길순   니 엄마 아스팔트 깔고 죽은 거 아니?

       신문지 덮고 죽은 거 아니?

마학봉   ……

복길순   미란이 어디 있니? 왜 말을 안 하니?

마학봉   ……

복길순   미란이 어디 있니? 내 손에 죽고 싶니! 빨리 말을
       못 하겠니!

마학봉   ……

복길순   우리 미란이 어디 있니?

갑자기

[음향] 뺑

폭음이 들려온다. 복길순, 흠칫 놀란다.

하늘에서 불꽃이 터진다.

복길순과 마학봉, 하늘을 올려다본다.

다시 불꽃이 터진다. 연이어 이어지는 불꽃놀이.

멀리 사람들의 환호성이 들려온다.

마학봉, 복길순을 보며 헤벌쭉 웃는다.

복길순, 마학봉의 등짝을 때리며 흐느낀다.

손수건을 쥐고 어깨를 들썩인다.

12. 할아버지의 똥

아파트 | 서울 | 일월 | 저녁

전강돈, 소파에 우두커니 앉아 있다.
금보미, 밥그릇과 숟가락이 놓인 쟁반을 들고 전우진의 방
문을 두드린다.

금보미   문 좀 열어봐.
        우진아, 우진아. 너 좋아하는 전복죽이야.
        뭐라도 좀 먹어야지. 우진아.

금보미, 계속 문을 두드리지만 반응이 없다.

금보미   우진아. 우진아, 문 좀 열어봐. 응?
        (돌아서며) 몰라. 나도 몰라. 아프리카를 가든, 단
        식 투쟁을 하든, 굶어 죽든 알아서 해.

금보미, 쟁반을 테이블 위에 내려놓고 현관으로 향한다.

금보미   저 좀 나갔다 올게요. 다은이 수학 선생 바꾸려
        고요.

이번 시험에서 두 개나 틀렸어요.

전강돈   ······

금보미   ······ 어떻게 해요······

          언니도 힘들다는데······

전강돈   ······

금보미   (우진의 방을 보며) 쟤 좀 어떻게 해봐요.

금보미, 한숨을 쉬며 나간다.

전강돈, 물끄러미 밥그릇을 내려다본다.

전우진, 방문을 열고 나온다.

얼굴이 핼쑥하고 초췌하다.

전우진   허락해주세요.

전강돈   꼴이 그게 뭐니?

          밥부터 먹어라.

전우진   허락하시는 건가요?

전강돈   아프리카? 왜?

          왜 가야 하는지 설득력 있는 이야기를 해봐.

전우진   말씀드렸잖아요?

          한 1년만이라도 떨어져 있고 싶어요. 하루라도

          빨리 떠나고 싶어요.

전강돈   ······ 나 때문이니?

전우진   ······

전강돈   학교 때문이 아니고?

전우진　그게 무슨 말씀이세요?

전강돈　선거에 떨어진 것 때문에 창피해서 그러는

전우진　(말을 끊으며) 아버지!

전강돈　넌 도망갈 구멍을 찾고 있어.

전우진　…… 어떻게 그런 말씀을 하실 수가 있으세요?

전강돈　아버지가 부끄럽지? 진압 장비 팔아먹는 보수 꼴
　　　　　통 새끼.

전우진　그만하세요. 힘들어요.

전우진, 방으로 들어가려고 한다.

전강돈　이야기 아직 안 끝났다.

전우진　됐어요.

전강돈　알았다. 일단 밥부터 먹어.

전우진　안 먹어요.

전강돈　먹어.

전우진　더러운 밥, 먹기 싫어요.

전강돈　뭐라고?

전우진　더럽게 번 돈으로 만든 더러운 밥. 못 먹어요.

전강돈, 성큼성큼 전우진 앞으로 다가간다.

전우진, 전강돈을 노려본다.

전강돈, 전우진의 왼쪽 뺨과 오른쪽 뺨을 연달아 때린다.

전우진, 전강돈을 노려본다.

전강돈, 전우진의 복부를 때린다.

전우진, 몸을 웅크리며 쓰러진다.

전우진   왜 이러세요?

전강돈   멍청한 놈.

전우진, 울기 시작한다.

전강돈   앉아.

          똑바로 앉아!

전우진, 엉거주춤 앉는다.

전강돈, 발로 차려다 멈추며

전강돈   무릎 꿇고 앉아. 이게 어디서 건방지게.

전우진, 무릎 꿇고 앉는다.

전강돈, 우진 앞 소파에 앉는다.

전강돈   너, 보수가 뭐고 진보가 뭔 줄 알아?

          니 머리통 속에 박혀 있는 생각을 내가 말해 줄

          까?[13] '세상은 강한 자가 지배하는 거다,

---

13   이 대사는 〈노무현, 마지막 인터뷰〉(오연호 / 오마이뉴스)에
     실린, 보수와 진보에 대한 '노무현의 인터뷰 내용'을 인용해 고
     쳐썼음을 밝힌다.

우수한 사람, 잘난 사람, 힘센 사람이 세상을 지
배해야 한다는 게 보수다, 멍청한 사람, 성공하지
못한 사람, 힘없는 사람은 시키는 대로 말 잘 듣
고 있으면 되는데 왜 자꾸 시끄럽게 구느냐,

이게 보수다, 그럼 진보는 뭐냐, 그게 아니다, 그
런 게 아니라 기회를 평등하게 해주고 모두에게
같은 시작을 줘라,

그러면 누구나 다 잘할 수 있다, 권력도 나누고,
지혜도 나누고, 평등을 지향하자,

어이 보수, 당신들끼리 지배하지 말고 우리 모두
합의해서 합시다!'

내 말이 맞지? 네가 생각하는 보수랑 진보가 이
런 거지?

웃기고들 자빠졌네. 너 진짜 보수가 뭐고 진짜 진
보가 뭔 줄 알아?

전강돈, 오른손으로 밥그릇을 든다.

전강돈　봐. 여기 밥그릇이 있다.

지금 이 밥그릇을 쥐고 있는 손, 이게 바로 보수
야. 그럼 진보는? (왼손을 펴며) 빈손이지? 진보?
이게 바로 진보라는 거야.

빈손은 밥그릇을 뺏으려고 한다.

왜? 배고프니까! 못 뺏으면 굶어 죽으니까!

보수? 진보?

누가 살아남고, 누가 죽느냐는 싸움이야!

결국은 밥그릇 싸움이야, 알아?

받아. 받아!

전우진, 엉거주춤 밥그릇을 양손으로 받는다.

전강돈 너는 지금 다행히 밥그릇을 쥐고 있다. 아무런 희
생 없이 그대로 물려받았어. 얼마나 좋아? 어떻게
해야 되겠니? 지켜야겠니? 뺏겨야겠니? 우진아,
잘 생각해봐.

세상은 원래 그 모든 게 밥그릇 싸움이야. 수많은
역사를 돌아봐. 결국 다 어떻게 됐니?

보수니 진보니 그건 실체를 가려놓은 허상이야.
세상은 파워 게임이야. 앞으로는 더더욱 그럴 거
고.

힘이 있으면 살고, 힘이 없으면 죽어. 사각의 링,
정글이랑 다를 게 하나도 없어!

세상을 다시 봐봐. 토끼 눈은 버리고 사자 눈을
뜨란 말이야. 완전히 다른 세상이 보여!

전우진, 눈물을 닦는다.

전강돈 아버지도 이렇게 생각이 바뀌기까지 많은 시간

이 걸렸다. 시행착오가 많아서 힘들었어.

나는 네가 스스로 깨달아 가기를 바랐다. 놀라게 해서 미안하다. 아버지는 아들을 믿는다. 아들도 아버지를 믿었으면 좋겠다.

전강돈, 전우진을 안는다.

전강돈   아팠지? 놀랐지? 아버지 마음은 더 아프다.

한 일주일 여행 좀 다녀와. 이럴 때 운전할 줄 알면 얼마나 좋으니?

얼른 운전면허부터 따. 아버지가 차 한 대 뽑아 줄 테니까. 응?

전우진, 슬쩍 전강돈의 품을 빠져나온다.
전강돈의 핸드폰 벨이 울린다.

전강돈   여보세요. 네. 맞는데요. 무슨 은행이라구요?

네. (놀라) 네? (벌떡 일어서며) 네! 감사합니다. 네, 네. 지금 출발하겠습니다.

전강돈, 전화를 끊고 두 손을 모아 쥔다.

전강돈   지금은 나가봐야 할 것 같으니까 나중에 더 이야기 하자.

전강돈, 서둘러 전희복의 방으로 들어간다.
전희복을 이끌고 현관문을 나간다.

전희복　　(눈을 비비며) 뇌, 뇌. 잘 거야, 잘 거야.

전우진, 그대로 우두커니 앉아 있다가 한동안 멍하니 밥그
릇을 본다.
갑자기 숟가락을 든다. 천천히 전복죽을 씹는다.
복길순과 전다은이 들어온다.

복길순　　뭘 좀 먹었습까? 잘 했습다.

전우진, 몽롱한 표정으로 나간다.
전다은, 소파에 힘없이 눕는다.
복길순, 조심스럽게 집 안을 둘러본다.

복길순　　조금만 기다려라. 얼른 밥 차려 줄 테니까.
전다은　　됐어요.
복길순　　억지로라도 먹어야지 몸조리 잘못하면 큰일 난다.
전다은　　병원비는 갚을게요. 걱정 마요.
복길순　　돈이 문제가 아니다. 그런 걱정은 말고. 몸 상하
　　　　　　지 않게 뭐이든 꽝꽝 먹어라.
　　　　　　그런데, 그놈은 아예 자기 나라로 가버렸니?

이제 아이 오니?

전다은　……

복길순　약 먹자.

복길순, 주방에서 물컵을 들고 온다.

전다은, 약을 먹고 눕는다.

딸꾹질을 시작한다.

전다은, 앉아서 가슴을 두드린다.

복길순, 테이블을 정리하다가 갑자기 전다은의 등짝을 때린다.

전다은　엄마야! 왜?

복길순　호호호. 딸꾹질 멈출 거다.

전다은　아야! 아, 아퍼……

전다은, 울기 시작한다.

복길순, 전다은의 등을 쓸어준다.

손수건을 건네준다.

전다은, 손수건으로 눈물을 닦는다.

복길순　딴마음 먹지 마라. 머저리처럼 죽을 생각을 왜 하
　　　　니? 찾아보면 다 살아갈 방법이 있는데.
　　　　아무 일도 아니다. 아픈 것 알았으면 다시는 안
　　　　그러면 된다. 응?

나두 살아보겠다구 이렇게 버둥거리는데 니가
모자랄 게 어디 있다구.
다시는 그런 짓 하면 못 쓴다. 아니, 생각도 하지
말아라.

복길순, 전다은의 손을 잡으며 손목을 본다.

복길순　아프지는 않니?

전다은　아줌마는 왜 한국에 왔어?

복길순　돈 벌러 왔지.

전다은　연변에서는 돈 못 벌어?

복길순　농사만 지어서는 큰돈을 못 버니까 왔지.

전다은　농사?

복길순　벼농사, 콩 농사, 뭐이든 다 지었다.

　　　　　논이고 밭이고 다 밀어 없애구,

　　　　　다들 땅 팔구 떠났어두,

　　　　　나는 끝까지 농사지으면서 살았다.

　　　　　너 두부 좋아하지? 한국 두부 비싸기만 하지 정

　　　　　말 맛대가리 없다.

　　　　　용정 복길순네 두부라믄 엄지손가락을 휘둘렀

　　　　　지. 정말 고소하고 맛있다. 끝내준다. 호호호.

전다은　아줌마 복 씨야? 복 씨가 있어?

복길순　아이구, 그럼. 복지겸 장군이 우리 시존데.

전다은　복지겸? 복지겸……

아, 고려 개국공신!

복길순　어이구, 잘 아네.

전다은　용정은…… 어디서 많이 들어봤는데?

복길순　윤동주 시인 고향 아니니. 모르니?

　　　　서시, 별헤는 밤,

　　　　하늘을 우러러 한 점 부끄럼 없기를……

전다은　나도 알아. 자아 성찰적 저항 시인.

복길순　히야, 공부를 잘하긴 잘하나 보네. 호호호.

전다은　근데 큰돈은 왜 필요해?

복길순　(한숨) 우리 아들 수술비 벌러 왔지.

전다은　그게 얼만데?

복길순　천만 원.

전다은　그게 큰돈이야? 나는 적어도 한 일억쯤 되는 줄
　　　　알았네.

복길순　아이구, 돈을 한번 벌어봐야 돈 무서운 걸 알지.

전다은　아줌마 남편은 없어?

복길순　죽었다.

전다은　진짜? 언제?

복길순　우리 미란이가 학교 들어가던 해 죽었으니까……
　　　　벌써 19년이다.

전다은　딸도 있어?

복길순　그럼. 다은이처럼 이쁘게 생겼지.

전다은　내가 예뻐? 거짓말.

복길순, 전다은의 머리를 쓰다듬는다.

전다은, 잠자코 손수건을 본다.

손수건 냄새를 맡아본다.

전다은　냄새가 이상하다. 처음 맡아보는 냄새야.

　　　　 그런데 어디서 맡아본 것 같은 냄새가 나.

　　　　 어렸을 때 맡아본 것 같은 냄새.

　　　　 이상하다.

금보미, 문제지를 가득 품에 안고 들어온다.

복길순, 주방으로 향한다.

전다은, 방으로 향한다.

금보미　학원 잘 갔다 왔어?

전다은　응.

금보미　다은아, 베베 소식 들었지? 드디어 베베가 태어났
　　　　 어요.

전다은　그래?

금보미　안 좋아? 봐봐. 애 얼굴이 왜 이렇게 창백해.
　　　　 어디 아프니?

전다은　아니. 피곤해서 그래.

금보미　내일이 시험인데…… 괜찮아?
　　　　 새 선생님한테 문제지 받아 왔는데.

전다은　(문제지를 받으며) 알았어. 자고 일어나서 볼게.

금보미　　그래…… 비타민 먹고 자.

전다은, 방으로 들어간다.

금보미, 주방으로 향한다.

금보미　　어머, 아줌마.

복길순　　왜 그럼까?

금보미　　미역국 끓이게요?

복길순　　네.

금보미　　다른 국으로 하세요.

　　　　　　내일 다은이 중요한 시험 있는데 재수 없게.

　　　　　　미역국은 안 돼요.

복길순, 금보미를 물끄러미 본다.

금보미　　어머, 아줌마. 표정이 왜 그래요?

　　　　　　싫어요? 싫으면 그만두세요.

복길순, 한숨을 쉬며 주방으로 향한다.

금보미　　어머머, 어머머.

　　　　　　이 아줌마가 보자 보자 하니까 이제 아주 올라

　　　　　　타려고 하네.

금보미, 눈을 흘기며 방으로 들어간다.

어깨에 배낭을 맨 상기된 전강돈, 전희복을 부축해 현관으로 들어온다.

배낭을 구석진 곳에 놓고 전희복을 소파에 앉힌다.

전강돈, 감격스러운 표정으로 눈물을 흘린다.

전희복을 향해 큰절을 올린다.

전희복, 소파에서 내려와 바닥에 쭈그려 앉는다.

전희복　똥. 똥. 똥!

13. 훈춘에서 온 문홍화

룸살롱 | 서울 | 이월 | 저녁

내실 소파에 우두커니 앉아 있는 복길순.

룸에서 들려오는 반주와 노래가 문틈으로 미세하게 스며든다.

올림머리에 무전기 헤드셋을 착용한 세련된 정장 차림의 문홍화, 들어온다.

문홍화　오래 기다리셨죠?

문홍화, 맞은편에 앉는다.

문홍화　주방 경력은 어떻게 되세요?
복길순　……
문홍화　업소 주방은 경험이 있으세요?
복길순　저, 연변에서 왔숨돠.

문홍화, 잠시 복길순을 응시한다.

문홍화   아, 그러세요.

오신 지 얼마 안 되셨나 보다. 저, 죄송한데요, 저
희는

복길순   (말 끊으며) 홍화 씨 맞지에?

문홍화, 긴장하며 눈이 커진다.

문홍화   누구세요?

복길순   내, 어렵게 어렵게 찾아왔소.

문홍화   (불길함에 휩싸여 연변말이 튀어나온다.) 집에 무
슨 일 있슴까?

복길순   아니오.

문홍화   누구세요?

복길순   물어서 물어서 왔소.

문홍화   누구신데요?

복길순   미란이를 아오? 송미란이.

문홍화   미란이…… 네.

어머, 미란이 어머니 되시는구나.

복길순, 눈물을 훔치며 고개를 끄덕인다.

복길순   우리 미란이 지금 어디에 있소?

무전으로 연락을 받는 문홍화, 마이크에 대고

문홍화 네, 6호실로 모실게요. 네.

복길순 우리 미란이 어디에 있는지 아오?

문홍화 ……

복길순 어디에 있소?

문홍화 일본에 같이 있었어요. 여름에.

복길순 일본? 일본에 있었단 말임까?

문홍화 네. 한 3개월, 같이 지냈어요.

복길순 그래, 지금은 어디에 있슴까?

문홍화 들어오고 나서는 못 봤어요.

　　　　　다시 나갔다고 들었어요.

복길순 일본으로 다시 갔단 말이오?

문홍화 아니요. 일본은 단속이 심해져서요.

　　　　　거기가 이름이…… 아, 뉴질랜드요.

복길순 거기는 또 어딤까?

　　　　　…… 확실하오?

문홍화 (고개를 끄덕이며) 저도 거기까지만 알아요.

복길순, 낙담한다. 땅이 꺼지는 한숨.

복길순 미란이 몸은 괜찮소?

문홍화 뭐…… 그거야 원래 아픈 애니까……

문홍화, 무심코 뱉던 말을 멈춘다.

복길순　왜 그러오? 말해보우.

문홍화　아네요.

복길순　말해보오. 내가 알아야 할 것 아니오?

문홍화　아네요……

　　　　　착하고 성실한 애니까 어디 가도 잘 있을 거예
　　　　　요.

복길순　어디가 많이 안 좋슴까?

　　　　　어떰까? 괜찮은 검까?

문홍화, 고개를 돌린다.

복길순　…… 미란이가 엄마 말은 안 합데까?

　　　　　엄마 보구 싶다고 아니 합데까……

문홍화, 눈물을 훔친다.

14. 엄마!

아파트 | 서울 | 삼월 | 오후

소파에 앉아 TV 퀴즈쇼를 보고 있는 전강돈과 금보미.
TV 스피커에서 사회자의 목소리가 들려온다.
[음향] 주관식 문젭니다. 셰익스피어는 이것이 어리석은 자
를 똑똑하게, 겁쟁이를 용기 있게,
도적을 귀족으로, 거지를 왕자로, 창녀를 숙녀로 만든다고 했
는데요. 셰익스피어가 말한 이것은 무엇일까요?

금보미 옷!
전강돈 칼!

들려오는 사회자의 목소리
[음향] 정답은 황금입니다

금보미 맞는 말이네.
전다은 역시 셰익스피어야.

전화벨이 울린다. 금보미, 받는다.

금보미   여보세요. 어머, 아주버님. 네. 네, 잠시만요.

전강돈   여보세요. 네. 네. 그래요, 그럼. 뭐, 형도 사정이

그러니까 할 수 없고……

뭐, 나는 거기가 치료 환경이 좋다고들 하니까 생

각해본 건데……

아니야, 이쪽도 뭐 비용이 만만하지가 않아. 형편

에 맞는 시설로 모시는 수밖에 없지. 어떡하겠어?

그래, 알았어요. 다시 통화해요. 네.

전강돈, 전화를 끊는다.

금보미   (유심히 듣고 있다가) 뭐래요?

전강돈   힘들다고 하지 뭐.

금보미   너무하신다. 그렇게 모셔 가기가 싫으신가?

물려받을 거 다 받았다 그거지 뭐.

(시계 보며) 근데 이 아줌마는 쓰레기 버리러 나

가서 왜 이렇게 안 들어와?

전강돈   요즘 상태가 영 안 좋아 보이던데.

말귀도 잘 못 알아듣고.

금보미   이사 가기 전에 내보내야지, 뭐.

전강돈   잘 보내요. 섭섭지 않게.

금보미   그럼요. 월급에 오십만 원 더 넣으려구요.

퇴직금.

전강돈   좀 아쉽네. 착한 사람인데.

금보미 우리도 이제 한국 여자 써야지.

명색이 골드타워 주민인데.

전강돈 아버지는 아무래도 고향으로 모시는 게 좋겠지?

금보미 대구?…… 너무 멀지 않아요?

전강돈 아무래도 좀 그렇지?……

고마워. 그렇게 생각해줘서.

금보미 당신도 참…… 내 생각에는 저번에 알아봤던 일산 쪽으로 모시는 것도 괜찮을 것 같기도 하고……

전강돈 일산? 그래 거기 시설이 괜찮았었지.

좀 더 알아봅시다.

금보미 아무튼 너무하신다, 아주버니.

전우진, 현관문을 밀고 들어온다.

전우진 다녀왔습니다.

금보미 어떻게 됐니?

전우진 합격!

전강돈 축하한다. 있다가 차 보러 갈래?

전우진 진짜요?

금보미 벌써?

전강돈 뭐 찍어둔 녀석이라도 있어?

전우진 네.

전강돈 뭔데?

전우진　아우디도 괜찮아요?

금보미　어머, 야.

전강돈　일단 가보자.

전다은, 들어와 뒤에서 금보미를 안는다.

금보미　왔어?

전다은　엄마…… 나 할 말 있어.

금보미　무슨 말?

전다은　엄마. 나 부탁 있어.

금보미　무슨 부탁인데?

복길순, 우두커니 들어온다.

문가에 서서 대화를 듣는다.

전다은　엄마. 나 베베 안 살래.

금보미　그래? 왜 갑자기?

전다은　베베 살 돈 그냥 나한테 주면 안 돼?

금보미　응? 그게 무슨 말이야?

전우진　고삐리가 천만 원을 어디다 쓰려고?

전다은　우리 집 부자라며? 그러니까 그냥 그 정도 돈은
　　　　　좋은 일 한답시고 쓸 수 있잖아? 그렇지?

전강돈　그래도 어디다 쓰는지는 알아야지.

전다은　좋은 일에. 어차피 베베 살 돈이었으니까.

응, 엄마?

나 그 돈 안 주면 공부 안 한다.

금보미   다은아.

전강돈   어디다 쓸 건지 말을 해야지.

복길순   일없슴다. 일없슴다.

금보미와 전강돈, 어리둥절 복길순과 전다은을 번갈아 본
다. 이때 전희복, 전투복 차림으로 자신의 방에서 나온다. 왼
쪽 팔을 흔들며 적기가를 부르기 시작한다.

전희복   …… 원쑤와의 혈전에서 붉은 기를 버린 놈이 누
구냐, 돈과 직위에 꼬임을 받은 더럽고도 비겁한
그놈들이다, 높이 들어라 붉은 깃발을, 그 밑에서
굳게 맹세해, 비겁한 자야 갈라면 가라, 우리들은
붉은 기를 지키리라……

전강돈, 금보미, 전우진, 전다은, 평소와 다른 전희복의 기세
에 놀란다.

노래를 부르던 전희복, 갑자기 무릎을 꿇고 옷을 벗기 시작
한다. 두 손을 비비며 금보미를 향해 빌기 시작한다.

전희복   지는 빨갱이 아입니더. 아니라니까에.
지는 절대로 빨갱이 아입니다.

빨갱이 쉐끼들, 지가 다 죽이삘깁니더! 빨갱이 아
쉐끼들, 완저히 씨를 다 말리뿔 껍니더이!

전희복, 복길순의 손을 잡고 운다.

전희복　　영자 동무, 미안하입니더. 내를 용서하이소.
　　　　　　어쩔 수가 없었습니더이.

전희복, 오른쪽 팔을 흔들며 육사 교가를 부르기 시작한다.

전희복　　…… 아사달 길이 누려 여기 반만 년, 변함없는
　　　　　　그 기상 하늘을 내쳐, 천추만리 바람결은 이야기
　　　　　　하리, 백사 고쳐 쓰러져도 육사혼이야, 가고 오질
　　　　　　않으리, 오질 않으리, 아아, 영용, 영용, 어제도 내
　　　　　　일도 한결같아라……

전희복, 노래를 부르며 갑자기 권총을 꺼내 쥔다.
가족들을 향해 번갈아 총구를 겨눈다.

전다은　　아빠, 총!
전우진　　진짜 총이에요?
금보미　　여보!
전강돈　　괜찮아, 총알은 없어.
　　　　　　(한숨) 아버지도 참.

전강돈, 전희복에게 다가가 총을 빼앗으려고 한다. 실랑이가
벌어진다.
총이 바닥에 떨어져 복길순의 앞에 놓인다.
전희복, 총을 향해 달려든다.
복길순, 총을 들어 뒤로 감춘다.
빼앗으려는 전희복과 뺏기지 않으려는 복길순의 실랑이.
순간,
[음향] 타앙!
총소리의 굉음이 집안을 흔든다.

전강돈   (동시에) 엄마!
금보미   (동시에) 엄마!
전우진   (동시에) 엄마!

잠시 정적이 흐른다.
전다은, 배를 만진다.
배를 만졌던 손을 펴 본다. 피가 흥건하다.
복길순, 주저앉는다.
총을 쥔 손을 내려다본다.

복길순   엄마야……

15. 연변에서 온 복길순

외국인보호소 | 화성 | 삼월 | 오후

수감실 입구.

외국인보호소 글씨와 수감 번호가 찍힌 파란색 추리닝을 입은 사람들이 일렬횡대로 앉아 있다.

하나같이 초췌한 얼굴, 기가 죽은 표정이다.

제복 차림의 하수일, 양 옆구리에 진압봉과 전기충격기를 차고 그들 앞에 서 있다.

하수일　…… 그 후에, 출입국관리소에서 연락이 오면 곧바로 공항까지 호송해드리게 됩니다.

그동안 수사에, 조사에, 여기까지 오시느라 모두들 고생 많으셨습니다.

그러면 입감 생활에 대한 안내는 이것으로 마치도록 하겠습니다.

호명하면 복창과 함께 기립해주시기 바랍니다.

814번 김정하, 5호실.

김정하　814번 김정하, 5호실.

하수일　418번 윤대수, 9호실.

윤대수　418번 윤대수, 9호실.

하수일	517번 이하숙, 8호실.
이하숙	517번 이하숙, 8호실.
하수일	609번 안민자, 10호실.
안민자	609번 안민자, 10호실.
하수일	614번 복길순, 15호실.
복길순	......
하수일	614번 복길순.
복길순	......
하수일	614번.
복길순	......
하수일	614번. 614번!

복길순, 초점이 나간 눈빛으로 주위를 둘러본다.

복길순	여기가 어딤까?
	여기가 한국임까?
	여기가 어딤까?

복길순, 피식 웃는다.

연변 엄마

2018년 4월 25일 1판 1쇄 찍음
2018년 4월 30일 1판 1쇄 펴냄

지은이 김은성
펴낸이 김성규
책임편집 박찬세
디자인 진다솜
펴낸곳 걷는사람
주소 서울특별시 서대문구 거북골로154, 104동 1512호
전화 031 901 2602
팩스 031 901 2604
등록 2016년 11월 18일 제25100-2016-000083호
ISBN 979-11-89128-02-9 04810

ISBN 979-11-89128-00-5 (세트)